VENTE DU SAMEDI 22 FÉVRIER 1890

HOTEL DROUOT, SALLE N° 3

Collection Pelissier

BEAUX

OBJETS D'AMEUBLEMENT

DU XVIIIe SIÈCLE

Orfèvrerie — Porcelaines

TABLEAUX

EXPOSITION PUBLIQUE

Le Vendredi 21 Février 1890

DE 1 HEURE A 5 HEURES 1/2

Me **Paul CHEVALLIER**	M. **Charles MANNHEIM**
COMMISSAIRE PRISEUR	EXPERT
10, rue de la Grange-Batelière, 10	7, rue Saint-Georges, 7

CATALOGUE

DES

OBJETS D'AMEUBLEMENT

Pour la majeure partie

DU XVIIIᵉ SIÈCLE

ORFÈVRERIE

Porcelaines de Saxe et de Sèvres

Pendules, Cartel, Chenets, etc.

Beau Secrétaire Louis XVI

Bureau Louis XV à dos d'âne — Grand Lit Renaissance

TABLEAUX

DE L'ÉCOLE FRANÇAISE

Composant la Collection de feu M. PELISSIER

ET DONT LA VENTE AURA LIEU

HOTEL DROUOT, SALLE Nᵒ 3

Le Samedi 22 Février 1890

à 2 heures

Mᵉ PAUL CHEVALLIER	**M. CHARLES MANNHEIM**
COMMISSAIRE-PRISEUR	EXPERT
10, rue de la Grange-Batelière, 10	7, rue Saint-Georges, 7

EXPOSITION PUBLIQUE

Le Vendredi 21 Février 1890, de 1 heure à 5 heures 1/2

CONDITIONS DE LA VENTE

Elle sera faite au comptant.

Les acquéreurs payeront, en sus des adjudications, *cinq pour cent* applicables aux frais.

L'Exposition mettant le public à même de se rendre compte de l'état des objets, il ne sera admis aucune réclamation une fois l'adjudication prononcée.

Paris. — Imp. de l'Art, E. Ménard et Cie, 41, rue de la Victoire.

Désignation des Objets

ORFÉVRERIE

1 — Beau légumier en argent gravé, ciselé et doré, de l'époque Louis XV, à oreilles plates en forme de coquilles ornées de plantes aquatiques en relief ; le couvercle est surmonté d'un chou en ronde bosse et décoré de godrons, de guirlandes de fleurs et de médaillons gravés. Le plateau contourné est bordé de baguettes en faisceau interrompues par des feuilles d'acanthe.

2 — Légumier Louis XVI, à oreilles ajourées faites de feuillages et de guirlandes de laurier et à couvercle bordé d'une boucle, décoré d'ornements gravés et surmonté d'une grenade en ronde bosse. Cette pièce est accompagnée d'un plateau de même époque à bords contournés.

3 — Cafetière piriforme, élevée sur trois pieds

courbés, en argent, du temps de Louis XVI ;
elle est ornée autour de la panse de médaillons
appendus à des rubans et reliés par des guirlandes de laurier en relief ; le culot est revêtu
de godrons encadrés de rocailles, et les pieds
s'échappent de cartouches ovales. Le déversoir
et le couvercle sont d'une riche ornementation ;
ce dernier est surmonté d'un fleuron.

4 — Huilier ovale en argent, de l'époque Louis XVI,
à galeries formées de festons de pampre fine-
ment ciselés et à porte-bouchons figurés par des
feuillages. Le plateau ovale, élevé sur boules et
muni de poignées faites de feuillages, se profile
en congé décoré de canaux enguirlandés de
lierre.

5 — Saucière oblongue et contournée munie de
deux anses à feuilles et filets en relief sur fond
smillé; le pied est bordé d'un rang de godrons ;
plateau oblong, contourné et bordé d'un filet.
XVIIIe siècle.

6 — Sucrier ovale à deux anses relevées, quatre
pieds, couvercle et plateau en argent, à décor
de guirlandes de feuilles gravées ; le couvercle
est surmonté de trois fraises. Époque Louis XVI.

— 5 —

7 — Cuillere à saupoudrer, à cuilleron ajouré, manche à filets et extrémité à coquilles.

8 — Quatre plats creux à chute cannelée et bord à filets et godrons.

9 — Plat oblong à bord contourné et mouluré, de l'époque Louis XV.

10 — Plateau à bord contourné et mouluré, sur trois pieds à feuilles d'acanthe et griffes enserrant une boule. Époque Louis XV.

11 — Sucrier ovale de l'époque Louis XVI, à deux anses, quatre pieds et couvercle surmonté d'une touffe de fraisier, en argent estampé ; modèle à cartouches, figurines d'amours, guirlandes, gaines à volutes, etc.

12 — Grand flambeau de l'époque Louis XVI, à douille en forme de vase, et à tige cannelée et enguirlandée de laurier sur pied à doucine renversée et feuillagée.

13 — Gobelet campanulé sur pied en argent, à décor de coquilles, de rinceaux et d'entrelacs gravés, portant l'inscription : « Prix donné aux chevaliers de Saint Sébastien de Colombe, par

Monsieur le marquis de Courtanvaux, le 13 juillet 1760. »

14 — Écuelle Louis XVI (sans couvercle), à oreilles contournées, à filets et coquilles en relief sur fond smillé.

15 — Grand légumier à deux anses relevées en forme de branchages et à couvercle surmonté d'une grenade en ronde bosse. XVIIIe siècle.

16 — Soupière (sans couvercle) analogue au légumier qui précède.

17 — Sucrier à poudre en forme de vase balustre, à piédouche et à couvercle dômé, repercé a jour et surmonté d'un fleuron ; le corps du vase est décoré de montants et de feuilles chargés d'entrelacs et d'ornements, en saillie sur un fond smillé ; le piédouche, l'épaulement et la base du couvercle sont entourés de godrons. Époque Louis XIV.

18 — Deux bouts de table en argent ciselé, modèle Louis XVI, à guirlandes et pieds ajourés, avec médaillons sous la traverse d'entredeux que surmonte un artichaut.

19 — Gobelet à pied, en argent gravé et doré ; la base est enveloppée de longues feuilles en relief chargées d'algues et d'entrelacs ; le bord du pied est orné d'une boucle. XVIIe siècle.

20 — Sonnette Louis XV, à canaux, cartouches et guirlandes gravés.

21 — Plat rond et creux, côtelé et bordé de filets ; au fond, un blason gravé. Époque Louis XVI.

22 — Plat Louis XV, à bords contournés et moulurés.

PORCELAINES DE SAXE

23 — Deux plats ronds et un plat long, à bords festonnés et enrichis d'une dentelle en dorure ; vieux Saxe, à décor polychrome d'oiseaux et d'insectes.

24 — Six assiettes en ancienne porcelaine de Saxe, à fleurs et cartels gaufrés en relief et à décor polychrome de bouquets de fleurs et de fruits et de fleurettes détachées ; elles sont enrichies d'une bordure de dentelle dorée.

25 — Douze assiettes à bords lobés, d'ancienne porcelaine de Saxe, à ornements gaufrés et à décor polychrome, offrant au centre un groupe de fruits et, au marli, quatre compartiments : animaux, oiseaux, insectes et fleurs. L'une de ces assiettes a été rassortie en même porcelaine.

26 — Quatre assiettes à bords lobés, en porcelaine de Saxe, à motifs de fleurs gaufrés en relief et à décor polychrome composé de cinq bouquets en quinconce. Elles sont bordées d'un filet doré.

27 — Quatre compotiers à bords festonnés enrichis d'une dentelle d'or en vieux Saxe, à décor polychrome : Oiseaux de basse-cour et insectes.

28 — Deux grands compotiers de vieux Saxe, à branches de marguerites gaufrées en relief et à décor de bouquets polychromes.

29 — Écuelle couverte, à deux anses formées de branchages avec fleurettes, et son présentoir, en porcelaine de Saxe gaufrée en relief et décorée de scènes flamandes dans le goût de Teniers, et de bouquets polychromes ; une rose forme le bouton du couvercle.

30 — Bol d'ancienne porcelaine de Saxe, à décor polychrome très soigné, offrant au pourtour les bords d'un fleuve, animés de figures en costume du temps de Louis XV. Un médaillon rond, à figures, occupe le fond du bol intérieurement. Belle qualité.

31 — Écuelle couverte, munie d'anses doubles formées de branchages garnis de fleurettes en relief, en ancienne porcelaine de Saxe, à décor polychrome : scènes galantes, dans le goût de Watteau (couvercle fracturé).

32 — Sucrier ovale, couvert, et son plateau, en vieux Saxe, à décor polychrome d'oiseaux et d'insectes et à bordure en dentelle d'or ; une fleurette forme le bouton du couvercle.

33 — Cinq tasses à bases arrondies et à anses contournées, en vieux Saxe, à ornements gaufrés en relief et à décor de bouquets polychromes.

34 — Cafetière de vieux Saxe, à décor polychrome : scènes champêtres. Le couvercle, orné d'une figure de villageoise, a pour bouton une fleurette en relief.

35 — Soupière ovale, couvercle surmonté d'une

*

figurine de fillette tenant une corne d'abondance, et plateau à oreilles relevées, en porcelaine de Saxe gaufrée et décorée de bouquets poly-chromes.

36 — Deux plateaux coquilles, vieux Saxe, à bou-quets et fleurettes jetées, peints en émaux de couleurs.

37 — Deux pièces en Saxe : salière coquille sur trois pieds, et un ravier à bords contournés.

PORCELAINES DE SÈVRES, ETC.

38 — Petit plateau carré, à bord oblique, en an-cienne porcelaine de Sèvres, pâte tendre, à décor polychrome relevé d'or : oiseaux et bor-dure à fleurs et cartels treillissés mi-partie bleu et blanc.

39 — Trois pots à crème, à anses et pieds en vieux Sèvres, pâte tendre, à décor de fleurettes poly-chromes, filets bleus, dents de loup dorées.

40 — Petite tasse droite et soucoupe en ancienne porcelaine de Sèvres, pâte tendre, à décor poly-

chrome : semis de bluets et bordure à guirlande de roses sur fond pointillé de bleu.

41 — Sucrier couvert, vieux Sèvres, pâte tendre, à bouquets polychromes ; une fleurette forme le bouton du couvercle.

42 — Grande tasse côtelée, forme tulipe, à deux anses formées de branchages, et son présentoir en porcelaine de Chantilly, décorés de bouquets polychromes et bordés de hachures en brun. (Le couvercle est fracturé.)

43 — Pot à crème en Chantilly, bouteille émaillée vert d'eau en Saxe, tasse Chine, burettes en verre opalin, etc.

FAIENCES

44 — Fontaine et console d'applique en faïence allemande, à figures d'enfants en haut-relief, coquilles et branchages émaillés en couleur.

45 — Bassin ovale (fracturé), à bords festonnés, en faïence du midi, décoré de figures allégoriques aux saisons, en camaïeu vert.

MARBRES

46 — Deux vases hémisphériques à gros godrons obliques et à piédouches, en marbre rouge des Flandres. — Haut., 25 cent.

PENDULES ET BRONZES D'AMEUBLEMENT.

— Grande et magnifique pendule, à quatre faces, de l'époque Louis XIV, en bois d'ébène et marqueterie de cuivre sur écaille brune, garnie de beaux cuivres ciselés et dorés. La corniche cintrée, supportée par des modillons de bronze, est surmontée d'un piédestal à scotie sur lequel est posé un vase de bronze en forme de lampe antique. Le soubassement de la pendule, qui repose sur des pieds-toupies en spirale et est flanqué latéralement de sphinx de bronze, offre sur la face, en manière de tablier, dans l'entre-deux des pieds, un baromètre demi-circulaire à cadran marqueté de cuivre. Le cadran de la pendule, à cartouches d'émail, est complètement gravé ; au-dessous, un bas-relief de bronze : le Temps enlevant la Vérité, est appliqué sur un fond de velours noir. Le revers de la pendule est entièrement enrichi de marqueterie, et le mouvement porte le nom de *Moissy, à Paris.* — Haut., 1 m. 15 cent.; larg., 58 cent.

48 — Pendule-vase, à cadran tournant, en bronze ciselé et doré, de l'époque Louis XVI. Le vase est enveloppé de feuilles d'acanthe et muni d'anses carrées. Son couvercle est surmonté d'une pomme de pin ; deux cercles émaillés tournent horizontalement entre le couvercle et le vase, dont le piédouche est supporté par un fût de colonne cannelé et drapé, à base ornée d'un tore de laurier et posée sur une plinthe carrée. — Haut., 51 cent.

49 — Petite pendule en bronze ciselé et doré, du temps de Louis XVI, à sujet : Jeune Fille retenant l'Amour à l'aide d'une guirlande de roses. Le cadran, entouré de fleurs, repose sur un socle en marbre blanc à milieu cintré en ressaut, décoré d'appliques de bronze doré ; frise de jeux d'enfants et rosaces. Le cadran porte le nom de *Hoguet, à Paris.* — Haut., 35 cent.

50 — Petite pendule à contours mouvementés, en bronze ciselé et doré, de l'époque Louis XV, à

**

décor de feuillages et de branches de fleurs ; un bouquet forme le couronnement. Sous le cadran, au nom de *Bigand, à Paris*, est suspendu un trophée des emblèmes de l'amour. — Haut., 40 cent.

51 — Pendule religieuse en bois d'ébène et placage d'écaille, incrustée de filets de cuivre ; la corniche, surmontée d'un couronnement dômé à balustrade et vases, est supportée par deux pilastres à base et chapiteaux de bronze. XVIIe siècle. Cette pièce porte le nom de Claude Artus à Paris. — Haut., 60 cent.

52 — Beau cartel en bronze doré de l'époque Louis XV, composé de grands rinceaux à volutes, fleurs et feuilles. Il est surmonté d'une figurine d'enfant assis, tenant un compas et accoudé sur une sphère. Sous le cadran, un coq chante, debout sur une grande feuille d'acanthe qui pend en manière d'amortissement. Cette pièce porte le nom de *Fieffé l'aîné à Paris*. — Haut., 67 cent.

53 — Deux grands et beaux chenets en bronze ciselé et doré de l'époque Louis XV, à statuettes d'enfants assis en regard, personnifiant l'un la

Sculpture, l'autre la Poésie. Ces figures sont supportées par des socles décorés de fleurons et d'entrelacs et à l'extrémité desquels sont placées des sphères ; ces socles sont élevés sur griffes et pieds-toupies. — Haut., 45 cent.; larg., 42 cent.

54 — Deux cassolettes à parfums sur trépieds, en bronze ciselé et doré ; le corps des brûle-parfums, en forme de cul-de-lampe, est émaillé bleu et muni d'une gorge ajourée que surmonte le couvercle à groupe de fleurs et de fruits. Les trois pieds, à têtes de femmes à la partie supérieure, sont reliés par des cordelettes entre-croisées et reposent sur un socle triangulaire à côtés cintrés et rentrants. Pièces d'un bon travail de ciselure. — Haut., 63 cent.

55 — Deux flambeaux de bronze ciselé et doré à douilles sur des cornes d'abondance supportées par des statuettes, homme et femme assis en regard ; la base du flambeau est circulaire et décorée d'entrelacs, de coquilles et de rinceaux. — Haut., 33 cent.

56 — Petit lustre en bronze garni de cristaux de

roche : rosaces, perles, pendeloques, taillées à facettes, etc.

57 — Deux petits flambeaux Louis XVI en cuivre, en forme de fûts de colonnes cannelés en spirale élevés sur bases ajourées. — Haut., 12 cent.

58 — Suspension de salle à manger.

MEUBLES

59 — Très beau secrétaire de l'époque Louis XVI, de forme droite, à montants en chanfrein, plaqué de bois rose et d'amarante, décoré sur chacune des trois faces de deux grands motifs exécutés en marqueterie de bois et richement garni de cuivres ciselés et dorés. Le tableau en marqueterie de l'abattant représente l'intérieur d'une pièce, à dallage noir et blanc, meublée de deux grandes bibliothèques, d'un cartonnier et d'un bureau sur lequel sont placés deux vases.

Un second tableau figurant deux bureaux où sont posés des vases à fleurs, dans une pièce dallée comme ci-dessus, décore les deux vantaux situés au-dessous de l'abattant, tous deux sont encadrés d'une moulure et cantonnés de rosaces

en cuivre doré ; une belle frise à coquilles, rinceaux, feuillages, guirlandes et grecques en
cuivre doré, est appliquée sur le tiroir supérieur
et relie les chutes, en forme de gaines à tigettes
et lauriers, du haut des montants, qui sont garnis de baguettes longitudinales, aussi en cuivre.
Chacune des faces latérales est ornée de deux
compartiments à vases de fleurs en marqueterie
avec encadrements de cuivres pareils à ceux de
la face principale. Le dessus en marbre blanc
est complètement entouré d'une balustrade de
cuivre découpée à jour. — Haut., 1 m. 45 cent.;
larg., 1 m. 10 cent.

60 — Jolie petite table (bureau de dame) à dessus
ovale, pieds cambrés et tablette d'entrejambes
en forme de rognon ; plaquée de bois rose et
décorée en marqueterie de bois variés, de grands
médaillons de fleurs et de quatrefeuilles inscrits
dans un treillis. Le dessus est bordé d'une gale-
rie de cuivre. Époque Louis XVI. — Haut.,
75 cent.; larg., 55 cent.

61 — Beau bureau de forme contournée du temps
de Louis XV, à dos d'âne, sur pieds légèrement
cambrés, décoré extérieurement et intérieurement de rinceaux et de feuillages en marqueterie

de bois satiné et de bois rose. Il est enrichi d'appliques rapportées, en cuivre ciselé et doré à motifs de rocailles. — Haut., 85 cent.; larg., 85 cent.

62 — Vitrine plate, rectangulaire à pieds carrés, de style Louis XVI, décorée de festons de fleurs et de rinceaux en marqueterie de bois clairs. — Haut., 74 cent.; long., 66 cent.

63 — Bibliothèque Louis XVI à deux portes vitrées surmontées d'un tiroir, en marqueterie de bois à carrelage, grecques et fausses cannelures, garnie de cuivre et à dessus en marbre brèche d'Alep.

64 — Grande glace à fronton avec encadrement en glace étamée, bordé de baguettes et décoré d'appliques en bois sculpté et doré. Époque Louis XIV.

65 — Grand lit Renaissance à dais, en bois de chêne sculpté, et composé en majeure partie de beaux panneaux du xvie siècle ; celui du chevet est orné d'un masque de femme que surmonte un écusson armorié timbré d'une couronne et ayant deux sphinx pour supports.

66 — Console-applique en bois sculpté et doré, à tablette contournée supportée par deux cariatides d'enfants tenant des guirlandes et reliées par une palmette surmontant un mascaron. — Haut., 55 cent.

TABLEAUX

BÉNARD

67 — *Assemblée galante.*

Dans un parc décoré d'une fontaine et d'un vase. Cadre ancien sculpté.

BOUCHER

(Attribué à FR.)

68 — *La Toilette de Vénus.*

Dans un parc, auprès d'une fontaine de marbre couronnée d'un groupe d'amours jouant avec un dauphin, la déesse est assise dans un flot de draperies, devant un miroir posé sur une console dorée ; six nymphes l'entourent, les unes occupées à orner sa coiffure de rubans, les autres tenant les riches étoffes, les ustensiles de toilette, les guirlandes de fleurs.

Jolie esquisse d'un coloris clair et brillant.

BOUCHER

(École de)

69 — *La Bonne Aventure.*

BOUCHER

(École de)

70 — *Les Baigneuses.*

BREUGHEL ET VAN BALEN

71 — *Le Repos de la Sainte Famille.*

La Vierge, l'Enfant Jésus, le jeune saint Jean et un ange qui cueille des fleurs.

CHAPERON

72 — *Enfants moissonneurs.*

CHARDIN

(Attribué à)

73 — *Portrait d'enfant.*

Vu à mi-jambes, presque de face, debout, coiffé d'un bonnet de dentelle et habillé en pierrot, il tient un bilboquet.
Forme ovale.

DYCK
(D'après VAN)

74 — *La Vierge, l'Enfant Jésus et une sainte femme.*

EISEN

75 — *L'Été et l'Hiver.*

> L'Été : trois enfants pêchant à la ligne.
> L'Hiver : trois petits savoyards auprès d'un feu allumé sur la montagne.

FRAGONARD (?)

76 — *Amours enguirlandant le Temple de Vénus.*

FRAGONARD
(Genre de)

77 — *L'Amour en pleurs.*

> Panneau de forme ovale.

GUIDO RENI
(D'après)

78 — *Amour endormi.*

HUET

(J. B.)

79 — *Berger et Bergère.*

> Deux jolis dessins à la plume rehaussés d'aquarelle.
> Signés.

HUET

(Attribué à)

80 — *Pastorale.*

JOLLAIN

81 — Suite de quatre scènes enfantines : *les Oiseleurs, la Bergère endormie, la Déclaration, l'Amour poète.*

> Tableaux de forme ovale, sur toiles marouflées, dans des cadres anciens de bois sculpté, à tores de feuillages.

KAUFFMANN

(ANGELICA)

82 — *Jeune Fille blonde.*

> En robe blanche, assise dans la campagne.
> Pastel de forme ovale.

LECLERC DES GOBELINS

83 — *Nymphes chasseresses au repos.*

MELIN

84 — *Tête de chien.*

Étude.

NATOIRE

85 — *Deux Nymphes au bain.*

NETSCHER

(D'après)

86 — *Portrait de femme.*

En robe de velours rouge, dans un parc.

PATER

(Attribué à J. B.)

87 — *L'Escarpolette.*

PIERRE

88 — *Amours sur les eaux.*

QUERFURT

89 — *Cavalier à la promenade.*

SCHALL

(Attribué à)

90 — *Jeune Dame représentée en Vestale.*

TENIERS

(École de)

91 — *Tabagie ; le jeu de la morra.*

Signature apocryphe de Brauwer.

TENIERS

(École de)

92 — *Le Marchand de complaintes.*

TENIERS

(École de)

93 — *La Fileuse.*

WATTEAU

(Attribué à)

94 — *Le Guitariste.*

Sept personnages au repos dans un pré.
Esquisse.

WATTEAU

(École de)

95 — *Paysage et figures.*

Sous les arbres, une dame assise tenant une gui-
tare, un seigneur, l'épée au côté, et deux enfants
jouant avec un chien.

WATTEAU

(École de)

96 — *Réunion galante.*

Deux danseurs devant un groupe de cinq figures
assises au pied d'une fontaine.

WATTEAU

(École de)

97 — *Le Menuet.*

WOUWERMAN

(D'après PHILIPS)

98 — *Campement de cavalerie.*

ÉCOLE ALLEMANDE

99 — *Jeux d'enfants et architecture.*

Peinture sur cuivre.

ÉCOLE FRANÇAISE

(XVIIIe siècle)

100 — *Les Amours à la chasse.*

ÉCOLE FRANÇAISE

101 — *Fillette tenant des roses.*

www.ingramcontent.com/pod-product-compliance
Lightning Source LLC
LaVergne TN
LVHW020629180726
843502LV00006B/1937